河出文庫

祝婚歌

谷川俊太郎 編

河出書房新社

目次

祝婚歌

序詩　谷川俊太郎

あなたがいる
私のかたわらに
いま
私がいる
あなたのかたわらに

花々にかこまれ
人々にかこまれ
星々にかこまれ

私はいる
あなたのかたわらに
いつまでも
あなたはいる
私のかたわらに

どこかに　クリスティーナ・ロセッティ

どこかに　かならず　いらっしゃる
わたしの愛にこたえて下さる方が
そのお顔　お声は知らないが
知らないままで終るかもしれないが

どこか　もしかすると　遠いところ
陸の果て　海のつきるところ
めぐる月　夜ごと輝く星の向うに
その方はいらっしゃるかもしれないが

どこか　ひょっと近いところ
垣根ひとつへだてた向うにいらして
美しい芝生に冬の名残り葉の散ると共に
どこかへ消え去ったのかもしれないが

（高見順訳）

誰かをさがすために　室生犀星

けふもあなたは
何をさがしにとぼとぼ歩いてゐるのです、
まだ逢つたこともない人なんですが
その人にもしかしたら
けふ逢へるかと尋ねて歩いてゐるのです、

逢つたこともない人を
どうしてあなたは尋ね出せるのです、
顔だつて見たことのない他人でせう、
それがどうして見つかるとお思ひなんです、
いや　まだ逢つたことがないから
その人を是非尋ね出したいのです、
逢つたことのある人には
わたくしは逢ひたくないのです、
あなたは変つた方ですね、
はじめて逢ふために人を捜してゐるのが

そんなに変に見えるのでせうか、
人間はみなそんな捜し方をしてゐるのではないか、
そして人間はきつと誰かを一人づつ、
捜しあててゐるのではないか。

僕はまるでちがって　黒田三郎

僕はまるでちがってしまったのだ
なるほど僕は昨日と同じネクタイをして
昨日と同じように貧乏で
昨日と同じように何にも取柄がない
それでも僕はまるでちがってしまったのだ

なるほど僕は昨日と同じ服を着て
昨日と同じように飲んだくれで
昨日と同じように不器用にこの世に生きている
それでも僕はまるでちがってしまったのだ
ああ
薄笑いやニヤニヤ笑い
口を歪めた笑いや馬鹿笑いのなかで
僕はじっと眼をつぶる
すると
僕のなかを明日の方へとぶ

白い美しい蝶がいるのだ

室内楽11　ジェイムズ・ジョイス

さようなら、さようなら、少女の日々に
さようなら、さようならを言いなさい。
幸せな愛がやってきておまえに求婚する
おまえの少女らしいすがたに求婚する——
おまえに美しく似合うその蕾に

黄色い髪に結んだそのリボンに
天使の角笛の音の中に
　彼の名前を聞いた時には
彼にむかってそっと帯をゆるめ
少女の胸を開きなさい
そしてその処女のしるしの
髪のリボンをほどきなさい。

（池澤夏樹訳）

素朴な妻を持つための祈り
フランシス・ジャム

神さま、どうか、やがて妻になります女が
つつましく、おだやかで、
私のやさしい友だちになれるようにしてください。
眠るときも手をとりあっていられる女にしてください。
妻が頸《くび》にメダルのついた銀の鎖をかけていて

それがすこし乳房のあいだに隠れるようでありますように。
妻の体が、夏の終りにまどろんでいる李《すもも》より
なめらかで、あったかく、金色でありますように。
妻の心がつねにやさしい純潔をたもち、
抱擁の最中も、私たちが微笑《ほほえ》み、黙っていられますように。
妻が強いひとになり、蜜蜂が花の眠りを番するように、
私のこの魂を番していてくれますように。
そして私が死ぬ日には、私の眼をつむらせてくれ、
息もつまるほどにふくれる苦しみの中で、
枕もとに指をくんでひざまずくほか

どんな祈りも私のためにしませんように。

（大岡信訳）

桃と花嫁　草野心平

桃の花はピンクのフラネル。
桃の花はぬるい炎。
桃の花は十八歳。

桃之夭々（桃のようようたる）

灼々其華（しやくしやくたるその花）
之子于帰（此子ゆきとつがば）
宜其室家（その家によろしからん）

チヤガチヤガ馬コに乗つて。
十八歳の花嫁は。
桃と杏の部落から。
峠への道をのぼつてゆく。
チヤボチヤボ酒樽。
りんりん鈴。

祝婚歌　川崎洋

見えてくる
くっきりとした水平線
見えてくる
それはまだとてもぎこちない仕草だけど
あさぐろい手と

少しふるえている白い手との交叉
見えてくる
新芽のすかしの入った赤ん坊
親しい食器
だまっている時間
せっけん箱
光りのない時代だけど
たくさんのものが
今日から見え始める
今日は

その一番最初の日

初めの日

祝婚歌　田村隆一

おまえたち
木になれるなら木になるべし

おまえたち
水になれるものなら水になるべし

おまえたち
人であるがゆえに
鳥のごとく歌うことなかるべし
虫のごとく地を這うことなかるべし

おのがじし
人は人によって生きるを得ず
ともに肩をたたき
ともに共和国をつくるを得ず

おまえたち
人の子は
母国語の海のなかを漂流しながら
ときによっては金色のウイスキーを飲み
ときによっては鳥のごとく歌うこともあるべし

ただし人の子が人になるためには
木のごとく
水のごとく

そして（ここが重要なのだが）
木にならず
水にならず
鳥にならず

言語によって共和国をつくらざるべからず
人よ　人の子よ
ぼくをふくめておまえたちの前途を心から
祝福せん
されば

祝婚歌　吉野弘

二人が睦まじくいるためには
愚かでいるほうがいい
立派すぎないほうがいい
立派すぎることは
長持ちしないことだと気付いているほうがいい

完璧をめざさないほうがいい
完璧なんて不自然なことだと
うそぶいているほうがいい
二人のうちどちらかが
ふざけているほうがいい
ずっこけているほうがいい
互いに非難することがあっても
非難できる資格が自分にあったかどうか
あとで
疑わしくなるほうがいい

正しいことを言うときは
少しひかえめにするほうがいい
正しいことを言うときは
相手を傷つけやすいものだと
気付いているほうがいい
立派でありたいとか
正しくありたいとかいう
無理な緊張には
色目を使わず
ゆったり　ゆたかに

光を浴びているほうがいい
健康で　風に吹かれながら
生きていることのなつかしさに
ふと　胸が熱くなる
そんな日があってもいい
そして
なぜ胸が熱くなるのか
黙っていても
二人にはわかるのであってほしい

ある予言者の言葉　カリール・ジブラン

そこで女予言者アルミトラは、いま一度口を開いて訊ねた、ところで師よ、結婚についての師のお考えは？

予言者アルムスタファは答えた、

きみたちは共に生れた、死の時まで共にいるがよい。

死の羽根が、きみたちの日々を飛び散らす時も、離れてはいけない。

そうだ、もはや神の想い出を語れなくなった時も、
きみたちは共にいなければならない。
だが共にいても、きみたちのあいだに少し隙間を置くがよい、
空の風が、きみたちのあいだで舞い踊れるように。

互に愛し合うがよい、だが愛のちぎりなど、決して結んではいけない。
きみたちの魂の岸辺、そのあいだに波立つ海を置くのだ。
互に盃を満たし合うがよい、だが同じ盃から飲んではいけない。

互にパンをわかち合うがよい、だが同じかたまりから食べてはいけ
　ない。
共に歌い、踊り、笑いさざめくがよい、だが、互にひとりだという
　ことを忘れてはいけない。
同じ楽の音に震えてはいても、琴の糸は、一本ずつ分かれているの
　だから。

きみたちの心を与え合うがよい、だが互にそれを我がものにしては
　いけない。

いのちの手だけが、きみたちの心を摑めるのだから。
共に立つがよい、だがあまり近寄って立ってはいけない。
寺院の柱は離ればなれに立ち、
樫と杉とは、互の影の中に育つことはないのだから。

（金関寿夫訳）

ミア　ぼくのもの　ルベン・ダリオ

ミア　おまえの名
いい響きだ
ミア　陽の光
ミア　薔薇と炎

ぼくのたましいに
かおりを送るよ
おまえはぼくを愛する
おお　ミア　おお　ミア

女のおまえの性と
男のぼくの性をとかし
おまえは二つのブロンズを作る

淋しいおまえ　淋しいぼく

生きるかぎりのミア　ぼくのもの

（荒井正道訳）

夜　原條あき子

そうして　熱い短い夜がくる
わたしたちは暗い部屋の隅に
肩をよせてすわり　ふたりの髪に
わたしは　それから　膏油《においあぶら》を塗る

たとえば　悲しみは一本の樹と
なつて　窓のかたえにひつそりと立ち
日々の倦怠は声もない鳥たち
ゆるやかに枝から枝へ　わたると

やがて　冷いあなたの脣
重いあなたのうなじのかげから
わたしは　少しずつ　ためらいながら
ひとつの小さな愛をみつける

甘えたり　皮膚にふれたり　誘う
麗しい魔性のおまえのために
いたずらな　妖しいおまえのために
ふたりは　そ知らぬふうを装う

おまえの影をみつめてはいけない
生きて揺れているおまえは　もう
夕べ　湖に舞うかげろうのよう
そんなにふしぎにもろく　消えやすい

部屋は　おまえの翅でほのあかく
いまこそ　わたしたちは治めるもの
檻に生きて　無心に遊ぶけもの
錆びた鉄の扉を未来にひらく

そうして　熱い短い夜がゆき
この俤がいつか還るところ
地に露はしとしとそそぐころ
うつつに見るおまえはうすれゆき

わたしたちは眠る　裸のままで
磨いたゆかの非情のしとねに
はなればなれの甘い思い出に
包まれて　明日の遅いめざめまで

婚姻　D・H・ロレンス

おいで、ぼくの小さな人、もう少しぼくの方へ
さあ、ずっとよっておいで、そのまるい頭をぼくの胸におしつけて。
きみのすべてを、ぼくはどんなに愛しているか。

きみには感じられるか、ぼくがわれとわがぬくもりで
ローソクの芯のまわりの炎のように、きみをこうして、くるんでいるのが。

ぼくはきみから立ちのぼるひとむらの炎、そしてそれ以外のなにものでもない。
ぼくがきみに触れるところ、ぼくは焔となって存在する——
だが、それはぼくであるか、それとも君か。

ぼくのこの胸におしつけられた丸い頭は、クルミの殻のなかの実のようだ、
ぼくはそれを包むすばやい苞、この胸、この腿、この膝、
それに、こんなにも暖かくなめらかな肩、ぼくは自分が日光となって
これらの上に照りそえて、真の存在に変えるのを感ずる。
だが、きみになるということは、なんという素晴らしいことだ。

もっとよってきたまえ。ぼくがもっときみになれるように。
ぼくはきみの上に身をひろげる。なんて可愛いいんだ、きみのこの
　丸い頭、腕。

この胸、膝、脚。ぼくらは二人が一体となったかがり火で
ぼくはきみのまわりにたけり立つ焰、きみはぼくのうちにはいった
　焔の芯、
そうだ、そんなかんじだ。

（上田保訳）

二つのからだ　オクタビオ・パス

むかいあう二つのからだ
あるときは夜の海の
二つの波。

むかいあう二つのからだ

あるときは夜の砂漠の
二つの石。

むかいあう二つのからだ
あるときは夜の底で
からみあう根。

むかいあう二つのからだ
あるときは夜の稲妻の
二つの刃。

むかいあう二つのからだ
あるときは虚空に落ちる
二つの星。

（桑名一博訳）

蝶を詠める　佐藤春夫

薄翅凝香粉
新衣染媚黄
風流誰得似
両両宿花房

賈蓬萊

かろき翅《つばさ》のおしろいや
黄にこそにほへ新《にひ》ごろも
みやびは誰か及ぶべき
花を臥所《ふしど》にふたり寝るとは

ルバイヤート98　オマル・ハイヤーム

一壺の紅《あけ》の酒、一巻の歌さえあれば、
それにただ命をつなぐ糧《かて》さえあれば、
君とともにたとえ荒屋《あばらや》に住まおうとも、
心は王侯《スルタン》の栄華にまさるたのしさ！

（小川亮作訳）

夜　泉のほとりに　立原道造

言葉には　いつか意味がなく……
たれこめたうすやみのなかで
おまへの白い顔が　いつまで
ほほゑんでゐることが出来たのだらう?

夜　ざはめいてゐる　水のほとり
おまへの賢い耳は　聞きわける
あのチロチロとひとつの水がうたふのを
葉ずれや　ながれの　囁きのみだれから

私らは　いつまでも　だまつて
ただひとつの　あたらしい言葉が
深い意味と歓びとを告げるのを待つ

どこかとほくで　啼いてゐる　鳥

私らは　星の光の方に　眼を投げてゐる
あちらから　すべての声が来るやうに

ギタンジャリ17　タゴール

わたしは愛を待つばかりです
ついには　その手に　身をゆだねるために。
それで　こんなにおそくなり
こんなに　怠けてしまったのです。

人々は　おきてやおしえを　もって来て
わたしを　しばりつけようとします。
でもわたしは　いつもそれを避けます。
わたしは愛を　待つばかりです
ついには　その手に　身をまかせるために。

人々はわたしを責め　考えなしだと叱ります。
あの人達が　責めるのは　もっともなのです。

市《いち》の日は終り　忙しい人びとも　仕事をすっかり　すませました。

無益にも　わたしを呼んだ人びとは　怒って帰りました。
わたしは　愛を待つばかりです
ついには　その手に　身をゆだねるために。

（高良とみ訳）

愛情32　金子光晴

いくたび首をひねつてみても、
男と、女がゐるだけだ。

その女と、男の思案が
ながい歴史をつくつてきた。

男の箸と
女の箸とで
世の仕合せを
はさむといふ。

ふたりの愛が
泥のだんごを
米のだんごに
かへるといふ。

男と女の一対は、
まがりなりにもたのもしい。
女のゐないしあはせや
女ひとりのしあはせは、

誠実と涙の露のふりかかる
胸いつぱいの花束が、折角の
おくるあひてがないのとおなじ。

だましてください言葉やさしく　永瀬清子

だましてください言葉やさしく
よろこばせてくださいあたたかい声で。
世慣れぬわたしの心いれをも
受けてください、ほめてください。
ああなたには誰よりも私が要《い》ると

感謝のほほえみでだましてください。

その時私は
思いあがって傲慢になるでしょうか
いえいえ私は
やわらかい蔓草《つる》のようにそれを捕えて
それを力に立ち上りましょう。
もっともっとやさしくなりましょう。
もっともっと美しく
心ききたる女子《おなご》になりましょう。

ああ私はあまりにも荒地にそだちました。
飢えた心にせめて一つほしいものは
私があなたによろこばれると
そう考えるよろこびです。
あけがたの露やそよかぜほどにも
あなたにそれが判ってくだされば
私の瞳はいきいきと若くなりましょう。
うれしさに涙をいっぱいためながら
だまされだまされてゆたかになりましょう。

目かくしの鬼を導くように
ああ私をやさしい拍手で導いてください。

小さな娘が思ったこと　茨木のり子

小さな娘が思ったこと
ひとの奥さんの肩はなぜあんなに匂うのだろう
木犀《もくせい》みたいに
くちなしみたいに
ひとの奥さんの肩にかかる

あの淡い靄《もや》のようなものは
なんだろう？
小さな娘は自分もそれを欲しいと思った
どんなきれいな娘にもない
とても素敵な或るなにか……

小さな娘がおとなになって
妻になって母になって
ある日不意に気づいてしまう
ひとの奥さんの肩にふりつもる

あのやさしいものは
日々
ひとを愛してゆくための
　ただの疲労であったと

幸福よ急げ　天野忠

散歩しまひょうか
含み笑いで
女房が云った。
所帯をもって三十何年にもなるが
まだわしらは一緒に……

そうか　そうか　亭主はうなずいた。
取り敢えず
近くの山の端を散歩した。
山のはしには
ススキが少しと
黄色い豚草のむれと
捨てられた乳母車があった。
しずかな汚れた池の傍で
背の低いアベックが
たこ焼をたべていた。

あれはまだ食べたことあらへんわ
口惜しい声で
女房が云った。
そうか　そうか　亭主はうなずいた。
「そんなら今度は
　たこ焼やなあ」
そう云い合って
にっこりして
老人たちは散歩した。

澄める町　安西冬衛

私はもう人情《ひとごころ》をたのまない。澄める町に、私は汝《おまへ》と住み古りよう。

赤い旭が、棟を染める。

鳩時計を　野村英夫

新聞紙の上に落される吐息のなかで
日曜日の食卓が花飾られるやうに、
お前がお前の髪を編んで
それに花挿した日の思ひ出が
また浮んで来て呉れるといい。

幼いものの泣き止んだ合ひ間に
鳩時計を螺旋巻くやうに、
古びた樫の戸棚のなかに
もう蔵ひ忘れた冠を
時たままた思ひ出して呉れるといい。
さうして老いた母親の眼なざしのなかに
その花嫁の微笑みが見出されるやうに、
人生の疲れと不安とのなかで
お前の心にその旅立つた日の歌と歓びとが
また甦つて来て呉れるといい。

幸福　山村暮鳥

よもすがらきみとねむりて
きみときくやみのしたたり
よもすがらきみとねむりて
しずかなるとこのともしび
きみときくやみのしたたり

おとなくおつるそのしたたり
なにゆゑのあしたのいのち

唄　ジャック・プレヴェール

きょうはなんにち
きょうは毎日だよ
かわいいひと
きょうは一生だよ
いとしいひと

ぼくらは愛し合って生きる
ぼくらは生きて愛し合う
ぼくらは知らない　生きるってなんだろう
ぼくらは知らない　日にちってなんだろう
ぼくらは知らない　愛ってなんだろう。

（小笠原豊樹訳）

編著訳者略歴

谷川俊太郎（たにかわ・しゅんたろう）
一九三一年東京生まれ。現代日本を代表する詩人。五二年、第一詩集『二十億光年の孤独』を刊行。以後、詩、絵本、翻訳など幅広く活躍。二〇二〇年にはチャールズ・M・シュルツ『ピーナッツ全集』の個人全訳を成し遂げた。ほかに、『自選 谷川俊太郎詩集』、訳詩集『マザー・グースのうた』など。二四年没。

クリスティーナ・ロセッティ（Christina Rossetti）
一八三〇年生まれ。イギリスの詩人。『ゴブリン・マーケット』など。一八九四年没。

高見順（たかみ・じゅん）
一九〇七年福井生まれ。作家。『故旧忘れ得べき』『如何なる星の下に』『高見順日記』など。六五年没。

室生犀星（むろう・さいせい）
一八八九年石川生まれ。詩人・作家。『愛の詩集』『あにいもうと』『かげろふの日記遺文』など。一九六二年没。

黒田三郎（くろだ・さぶろう）
一九一九年広島生まれ。詩人。詩誌『荒地』の創刊に関わる。『ひとりの女に』『失はれた墓碑銘』など。一九八〇年没。

ジェイムズ・ジョイス（James Joyce）
一八八二年アイルランド生まれ。二十世紀を代表する作家。『ユリシーズ』『ダブリナーズ』『フィネガンズ・ウェイク』など。一九四一年没。

池澤夏樹（いけざわ・なつき）
一九四五年北海道生まれ。作家・詩人。『マシアス・ギリの失脚』『静かな大地』、訳詩集『カヴァフィス全詩』など。

フランシス・ジャム（Francis Jammes）
一八六八年生まれ。フランスの詩人。『明けの鐘から夕べの鐘まで』『悲しみの歌』など。

一九三八年没。

大岡信（おおおか・まこと）

一九三一年静岡生まれ。詩人・評論家。『記憶と現在』『紀貫之』『折々のうた』など。二〇一七年没。

草野心平（くさの・しんぺい）

一九〇三年福島生まれ。詩人。詩誌『銅鑼』『歴程』の創刊に関わる。『蛙』『日本沙漠』など。一九八八年没。

川崎洋（かわさき・ひろし）

一九三〇年東京生まれ。詩人。詩誌『櫂』の創刊に関わる。『はくちょう』『ビスケットの空カン』など。二〇〇四年没。

田村隆一（たむら・りゅういち）

一九二三年東京生まれ。詩人。詩誌『荒地』の創刊に関わる。『四千の日と夜』『奴隷の歓び』など。一九九八年没。

吉野弘（よしの・ひろし）
一九二六年山形生まれ。詩人。詩誌『櫂』に参加。『感傷旅行』『自然渋滞』など。二〇一四年没。

カリール・ジブラン（Kahlil Gibran）
一八八三年レバノン生まれ。ハリール・ジブランとも表記。詩人。『預言者』など。一九三一年没。

金関寿夫（かなせき・ひさお）
一九一八年島根生まれ。文学者。『魔法としての言葉　アメリカ・インディアンの口承詩』『現代芸術のエポック・エロイク』など。一九九六年没。

ルベン・ダリオ（Rubén Darío）
一八六七年ニカラグア生まれ。詩人・作家。『世俗の詠唱』『生命と希望の歌』など。一九一六年没。

荒井正道（あらい・まさみち）
一九一五年東京生まれ。文学者。『スペイン語のすすめ』、訳書に『ロルカ戯曲全集』（共訳）など。二〇〇七年没。

原條あき子（はらじょう・あきこ）
一九二三年兵庫生まれ。詩人。『やがて麗しい五月が訪れ　原條あき子全詩集』など。二〇〇三年没。

D・H・ロレンス（David Herbert Lawrence）
一八八五年イギリス生まれ。作家・詩人・評論家。『息子と恋人』『チャタレイ夫人の恋人』など。一九三〇年没。

上田保（うえだ・たもつ）
一九〇六年山口生まれ。文学者。訳書に『エリオット詩集』『どうだぼくらは生きぬいてきた！』など。一九七三年没。

オクタビオ・パス（Octavio Paz）
一九一四年メキシコ生まれ。詩人・評論家。『弓と竪琴』『孤独の迷宮』など。ノーベル文学賞受賞。一九九八年没。

桑名一博（くわな・かずひろ）
一九三二年東京生まれ。文学者。訳書に、ケベード『大悪党』、バルガス＝リョサ『ラ・カテドラルでの対話』（共訳）など。

佐藤春夫（さとう・はるお）
一八九二年和歌山生まれ。詩人・作家。『殉情詩集』『田園の憂鬱』『都会の憂鬱』など。
一九六四年没。

オマル・ハイヤーム（Umar Khayyām）
一〇四八年生まれ。ウマル・ハイヤームとも表記。イランの詩人・科学者。『ルバイヤート』など。一一三一年没。

小川亮作（おがわ・りょうさく）
一九一〇年新潟生まれ。ペルシア語講師など。訳書に、オマル・ハイアーム『ルバイヤート』、グリボイェドフ『智慧の悲しみ』など。一九五一年没。

立原道造（たちはら・みちぞう）
一九一四年東京生まれ。詩人。『萱草《わすれぐさ》に寄す』『暁と夕の詩』など。三九年没。

タゴール（Rabindranath Tagore）
一八六一年インド生まれ。作家・思想家。『ギタンジャリ』『ゴーラ』など。ノーベル文学賞受賞。一九四一年没。

高良とみ（こうら・とみ）
一八九六年富山生まれ。婦人運動家。『非戦を生きる　高良とみ自伝』、訳書に、『タゴール詩集　新月・ギタンジャリ』など。一九九三年没。

金子光晴（かねこ・みつはる）
一八九五年愛知生まれ。詩人。『こがね蟲』『マレー蘭印紀行』『どくろ杯』など。一九七五年没。

永瀬清子（ながせ・きよこ）
一九〇六年岡山生まれ。詩人。『グレンデルの母親』『あけがたにくる人よ』など。一九九五年没。

茨木のり子（いばらぎ・のりこ）

一九二六年大阪生まれ。詩人。詩誌『櫂』創刊に関わる。代表作に「わたしが一番きれいだったとき」。『倚りかからず』など。二〇〇六年没。

天野忠（あまの・ただし）
一九〇九年京都生まれ。詩人。『単純な生涯』『私有地』など。一九九三年没。

安西冬衛（あんざい・ふゆえ）
一八九八年奈良生まれ。詩人。詩誌『詩と詩論』に参加。『軍艦茉莉』『韃靼海峡と蝶』など。一九六五年没。

野村英夫（のむら・ひでお）
一九一七年東京生まれ。詩人。『司祭館』など。一九四八年没。

山村暮鳥（やまむら・ぼちょう）
一八八四年群馬生まれ。詩人。『聖三稜玻璃』『風は草木にささやいた』『雲』など。一九二四年没。

ジャック・プレヴェール（Jacques Prévert）

一九〇〇年フランス生まれ。詩人。シャンソン「枯葉」の歌詞なども手がけた。『ことばたち』『おはなし』など。一九七七年没。

小笠原豊樹（おがさわら・とよき）
一九三二年北海道生まれ。文学者・詩人。詩作は岩田宏名義。『マヤコフスキー詩集』『プレヴェール詩集』など。二〇一四年没。

初出一覧

谷川俊太郎「序詩」……本書単行本への書き下ろし

クリスティーナ・ロセッティ「どこかに」（Somewhere or Other）……『愛の詩集』（「ポケット版 世界の詩人12」谷川俊太郎編、河出書房、一九六八）所収

室生犀星「誰かをさがすために」……『続女ひと 随筆』（新潮社、一九五六）所収

黒田三郎「僕はまるでちがって」……『ひとりの女に』（昭森社、一九五四）所収

ジェイムズ・ジョイス「室内楽*11*」（Chamber Music XI）……本書単行本への訳し下ろし

フランシス・ジャム「素朴な妻を持つための祈り」（Prière pour avoir une gemme simple）……『ジャム詩集』（「ポケット版 世界の詩人7」大岡信訳、河出書房、一九六八）所収

草野心平「桃と花嫁」……『マンモスの牙』（思潮社、一九六六）所収

川崎洋「祝婚歌」……『祝婚歌』（山梨シルクセンター出版部、一九七一）所収

田村隆一「祝婚歌」……『水半球』（書肆山田、一九八〇）所収

吉野弘「祝婚歌」……『風が吹くと』（サンリオ、一九七七）所収

カリール・ジブラン「ある予言者の言葉」（Marriage）……本書単行本への訳し下ろし
ルベン・ダリオ「ミア　ぼくのもの」（Mía）……本書単行本への訳し下ろし
原條あき子「夜」……『原條あき子詩集』（思潮社、一九六八）所収
D・H・ロレンス「婚姻」（Wedlock）……本書単行本への訳し下ろし
オクタビオ・パス「二つのからだ」（Dos cuerpos）……本書単行本への訳し下ろし
佐藤春夫「蝶を咏める」……『車塵集』（武蔵野書院、一九二九）所収
オマル・ハイヤーム「ルバイヤート *98*」（Rubaiyat 98）……『ルバイヤート』（岩波書店、一九四九）所収
立原道造「夜　泉のほとりに」……『優しき歌』（角川書店、一九四七）所収
タゴール「ギタンジャリ *17*」（Gitanjali 17）……『新月・ギタンジャリ　タゴール詩集』（高良とみ訳、アポロン社、一九六二）所収
金子光晴「愛情 *32*」……『愛情69』（筑摩書房、一九六八）所収
永瀬清子「だましてくださいい言葉やさしく」……『大いなる樹木』（桜井書店、一九四七）所収
茨木のり子「小さな娘が思ったこと」……『見えない配達夫』（飯塚書店、一九五八）所収
天野忠「幸福よ急げ」……『夫婦の肖像　天野忠詩集』（編集工房ノア、一九八三）所収
安西冬衛「澄める町」……『軍艦茉莉』（厚生閣書店、一九二九）所収

野村英夫「鳩時計を」……『野村英夫全集』（国文社、一九六九）所収
山村暮鳥「幸福」……『黒鳥集』（昭森社、一九六〇）所収
ジャック・プレヴェール「唄」（Chanson）……『プレヴェール詩集』（「ポケット版 世界の詩人11」小笠原豊樹訳、河出書房、一九六七）所収

本書は、一九八一年七月に書肆山田から刊行された同名の単行本を、
文庫化したものです。

祝婚歌《しゅくこんか》

二〇二五年二月一〇日 初版印刷
二〇二五年二月二〇日 初版発行

編　者 谷川俊太郎《たにかわしゅんたろう》
発行者 小野寺優
発行所 株式会社河出書房新社
〒一六二-八五四四
東京都新宿区東五軒町二-一三
電話〇三-三四〇四-八六一一（編集）
〇三-三四〇四-一二〇一（営業）
https://www.kawade.co.jp/

ロゴ・表紙デザイン 粟津潔
本文フォーマット 佐々木暁
本文組版 株式会社キャップス
印刷・製本 中央精版印刷株式会社

Printed in Japan ISBN978-4-309-42168-1

ほんとのこと言えば？

佐野洋子 41601-4

絵本作家・エッセイストの佐野洋子を前にすると、誰もが丸裸にされてしまう。小沢昭一、河合隼雄、明石家さんま、谷川俊太郎、大竹しのぶ、岸田今日子、おすぎ、山田詠美、阿川佐和子との傑作対談集。

求愛瞳孔反射

穂村弘 40843-9

獣もヒトも求愛するときの瞳は、特別な光を放つ。見えますか、僕の瞳。ふたりで海に行っても、もんじゃ焼きを食べても、深く共鳴できる僕たち。歌人でエッセイの名手が贈る、甘美で危険な純愛詩集。

短歌の友人

穂村弘 41065-4

現代短歌はどこから来てどこへ行くのか？　短歌の「面白さ」を通じて世界の「面白さ」に突き当たる、酸欠世界のオデッセイ。著者初の歌論集。第十九回伊藤整文学賞受賞作。

やなせたかし詩集

やなせたかし 42152-0

たったひとりで生れきて／たったひとりで死んでいく／人間なんてさみしいね……「てのひらを太陽に」「アンパンマンのマーチ」他、抒情詩人やなせたかしの代表作を収める。解説：小手鞠るい

言の葉さやげ

茨木のり子 42071-4

『倚りかからず』の詩人・茨木のり子の代表的エッセイ集の文庫化。ことばや詩に対するみずみずしい感受性が光る。「はてなマーク」「推敲の成果」「内省」の貴重な３本を新たに増補。

ランボー全詩集

アルチュール・ランボー　鈴木創士〔訳〕 46326-1

史上、最もラディカルな詩群を残して砂漠へ去り、いまだ燦然と不吉な光を放つアルチュール・ランボーの新訳全詩集。生を賭したランボーの「新しい言語」が鮮烈な日本語でよみがえる。